JN208767

句集

一寸

根橋宏次

ウエップ

句集 一寸／目次

春
　その一 ……………………………… 5
　その二 ……………………………… 7

夏
　その一 ……………………………… 30
　その二 ……………………………… 53

秋
　その一 ……………………………… 55
　その二 ……………………………… 78

冬
　その一 ……………………………… 101
　その二 ……………………………… 103

あとがき ……………………………… 126

その一 ……………………………… 149
その二 ……………………………… 151

装幀・近野裕一

句集　一寸

いっすん

〔収録三六〇句〕

春

〔九〇句〕

その一

うすらひの分かれ分かれとなりうかぶ

朧夜の白身魚のカルパッチョ

馬槽《うまぶね》にふりこむ春の霙かな

墨壺のぴんと打つ糸春の雪

家苞は鮴の飴煮春しぐれ

畦の肩くづれてゐたる犬ふぐり
通らせてもらふ菜園花なづな

山の子の田打ち桜をまぶしがる

うぐひすの鳴いて水ぎはひかりけり

水少し畑へ運ぶ桃の花

この春の愁ひぽつぺん吹くことも

起されし畝に影ある豆の花

盃に沈む金粉夕ざくら

吉野葛きしきしと花ぐもりかな

塩割つて鯛を取り出すさくらかな

春の鴨草に座りてゐたりけり

亀鳴けり二合徳利空くる間を

暮れかねてゐる公園の滑り台

入漁券要と立札土筆摘む

ひと跳びの川幅に花筏かな

遠足のしゃがませて取る点呼かな

浦島草竹の切り株雨溜めて

鳥帰る埠頭に丸木積まれゐて

蕗味噌や通ひ徳利置物に

青饅やしづくにかはる軒の雨

雨粒に弾かれてゐる菫かな

纜にとどまつてゐる春の雪

竹梯子吊るす火の見や山笑ふ

門川に鯉の背ひかる種物屋

その中に野蒜の見ゆる蓬籠

春風や絵図面かこむ仏師たち

襟先に一寸《ちょっと》鶯餅の粉

焼酎の壜が重石や花筵

花屑の乾いてゐたる水位標

ストローにつながつてゐる石鹸玉

雲の出て日暮れはやまる丁子かな

畝高くして一列の葱坊主

火も見えて畦焼くけむり上がりけり

お終ひに食ふ遠足の茹で卵

来ずなりし置き薬屋の紙風船

衝立で仕切る入れ込み菜飯食ふ

あたたかやどの畑ともなくにほひ
春風は阿波のれんこん畑にも

鳥の巣に大きな鳥の座りゐる

八十八夜水口の開けられて

その二

薄氷を天水桶に回しけり

こまごまと土起さるる花辛夷

ぶな山を風抜けて片栗の花

横付けに舟の着きくる犬ふぐり

紅梅やテントに雑器売られゐる

坂ひとつかかる屋敷や桃の花

春筍や月をはさんで星二つ

水温む面子のやうな石拾ひ

紙雛テレビの横に立ちにけり

蘖や剣を佩いて孔子像
さらさらと風の鳴りだす花なづな

ふらここを漕ぐともなしに地を蹴る子

振ればよく鳴つてさみせん草の花

水嵩のふえきし音や花林檎

山裾をぐうつと曲りゐる春田

なまぐさしとも白魚の卵とぢ
めばる煮てゐて晩節のおのづから

ゆつくりとひとつところを春の鳶

茶碗ほどのぐい呑み出来てあたたかし

じやがいもの種のひとつとして売られ
岩にゐるいづれの亀も鳴きにけり

べつかふの耳かきつかふ目借時

礎の雀隠れに埋もれて

伸びきつてまはり明るきつくしんぼ

表札の上に乗りたる燕の巣

はやの子の散るかげ疾し雉蓆

ゆれながらきぶしは雨をこぼしけり

馬刺し屋の油障子や春の月

しやりしやりと数珠もむ音や春障子

末院はぽつくり寺と桃の花

義仲寺はこんなところに柳の芽

細みちを幻住庵へ竹の秋

水に手をつくればかすむ淡海かな

はこべらの岸へ纜投げらるる

鯨屋は坂の途中に春落葉

からくりの茶坊主進む日永かな

かげろへる潟に出てゐる沙蚕《ごかい》掘

春泥のところどころに水たひら

春の灯を奥にともして黄楊櫛屋

揚ひばり護岸の鉄の矢板錆び

閘門に水満ちてくるさくらかな

石に手をかけて亀ゐる花曇

ひとまはりして花屑のはしりけり

歩きつつ波をよけつつ春の鴨

道ばたのぺんぺん草の長けにけり

夏

〔九〇句〕

その一

葉桜や本丸跡の広からず

雹跳ねてをりしばらくは土匂ひ
でで虫のかぎりの迅さつくしをり

昼酒をちくと卯の花腐しかな

落慶のほがひの酒を梅雨晴間

冷奴豆の匂ひの水のこり
青田波いつきに火の見櫓まで

短夜の欄間に波と浜千鳥

軒空の夕べに近し夏つばめ

八寸の山葵の花のにほひけり

水打てり信楽焼の狸にも

しんがりの流灯に闇濃かりけり

世話役の薬缶さげくる祭かな

掛け軸の風鎮ゆるる夏料理

沢瀉や田へゆく水の音たてて

電球にひよこ温もる夜店かな

採石の発破の穴に入る蜥蜴

柵《しがらみ》をくぐる水音竹落葉

音立てて雨くる女貞《ねずみもち》の花

明け易の祠の供花を替へてをり

雨垂れの音のまどほに胡瓜もみ

人力の回り舞台や麦の秋

金魚屋の槽《ふね》に売らるる布袋草

鯉の頭を打つて塩辛とんぼかな

釣堀のビールケースに坐りけり

藪茗荷家鴨の下を鯉くぐり

へうたんの二つに割れて夏のれん

打ち水にしばらく土の匂ひけり

青蔦の家と言はれて棲み古りし

角張れる帆布のかばん雲の峰

祭笛上目づかひに仕る

そば切りの大根辛き円座かな

涼風や革砥のにほふ理髪店

よく鳴りながら風鈴のはづさるる

手花火を持つ手が水に映りゐる

水馬の来てゐる水を跨ぎけり

ゆれながら形をかへてゆく水母

舟虫のぞろりと向きをかへにけり

卓袱台に湯呑の輪染み金亀子

虎杖の花にまつはりゐる硫気

向日葵に踏切鳴つてゐたりけり

夕風に午後のぬくもり心太

井戸水の錆漉す布や柿青し

解体の梁に和数字百日紅

岸壁に並ぶ繋留柱《ビット》や夏をはる

その二

木洩れ日を顔に人くる立夏かな

古き葦まで青葦の丈半ば

門口に蛍袋の白ばかり

デパートの水に売らるる浮いてこい

雨音と骨切りの音夏れうり

箱庭の機関車けむり上げしまま
小庇に雨垂れのこるめうがの子

銘々に鯉の料理や青田風

郭公や橋のアーチに楔石

土埃たてて雨くる立葵

傘さして未央柳のあたりまで

ミニチュアの刀の柄に夜店の灯

紙詰めて雑器積まるる朝ぐもり

おしぼりの固めをほぐす水羊羹

番犬が同じところに柿若葉

釣堀に届いて駅のアナウンス

流木に吹きつけられて花火屑

船揚ぐるワイヤロープや月見草

鬼のまま呼ばれて帰る蚊喰鳥

ぎしぎしや川魚料理店今も
すかんぽはあかあかと川風の中

青田波大型店にゆきどまる

自転車の細身の車輪麦の秋

小魚のさらりと描かれ麻のれん
豆飯を「足が早い」といひながら

いななきの夏の岬にあがりけり

かるの子の列ともならず固まり来

ふくらんできては滴りゐたりけり
バス停に槐の花のこぼれけり

蟬時雨もののの五分で雨上がり

マロニエの花やベンチに膝揃へ

谷底と思しきところにも植田

ひと茎のしなふがままに葭雀

青蘆の中にぽつかり舟溜り

つぎはぎの道の継ぎ目に滑莧

谷挟む二手より時鳥かな

箱眼鏡苔をはなるる苔の泡

どこからとなく舟虫の散らばれる
バーボンのかちわり指でまはしけり

番台に浮人形の忘れ物

前のめりして立食ひの心太

ごつごつと手にくる魚信《あたり》雲の峰

立泳ぎして世にとほくゐるおもひ

一枚の魚拓が壁に夏惜しむ

音のして戸に虫あたる夜の秋

秋

〔九〇句〕

その一

手にふれて風のゆきけりねこじやらし

廃屋を加へて十戸花煙草

桔梗や玻璃戸を開けて弓具店

藤袴雲の切れ間を雲のゆき
風に蹤き秋明菊のあたりまで

芋を掘るはなしを芋を掘りながら

庭石の窪濡れてをり杜鵑草

菊膾階段箪笥灯を映し

日のさしてきてそれよりの水の秋

基礎のこる飯場の跡や葛の花

入れ込みの縞座布団や走り蕎麦

舟底を掃いて終へたる松手入れ

丁石に日当たる櫟紅葉かな

芒原くぼむところに海見えて
迎へ火は雨あがりたるころあひに

吹かれては舟に舟寄る赤のまま

ラジオ体操ときをり威し銃の音

近寄れば雑な案山子でありにけり

ビニールの袋くもらす栗の息

秋天へ棟上の餅撒かれけり

秋鯖や時彦の句を口遊み

菜園の仕切りは紐やたうがらし

べつたら市味見をさせて呉れにけり

抜く棹のひかる萍紅葉かな

おしろいや淡路亭てふ球撞き場

畳屋の風船葛あをあをと
新豆腐絹と木綿をこもごもに

泡立草浅瀬の石に水ひかり

和紙貼りし笊に山栗売られけり

川上に雨雲垂るる芋煮会

紐張つて畝作りゐる鴫のころ

窯の辺に来て柿色の小鳥かな

葈耳《をなもみ》を帽子に付けしこと忘れ

投げ入れの壺にさるとり茨の実

水べりにこぼれて雀蛤に

サイコロのやうに切られてゐる西瓜

数珠玉の日向臭きが刈られけり

糸尻に砂の手触り菊膾

止みさうな空の明るさ秋燕

秋風や楔でつなぐ木の仏

ふでばこはブリキのつくり秋灯

救命の浮き輪水辺に赤とんぼ

きちきちに栗詰まりゐる網袋

飯盛りしやうなる山や鰯雲

通りしな眼鏡を洗ふ秋の昼

その二

爽やかや浮くひまもなき鯉の餌

なかなかに鯊の釣果のある馬穴

夏雲のやうではあるが秋めいて

なにはともあれざざと残暑の顔洗ふ

雨のくる気配いよいよねこじやらし

二噸まで通す小橋や赤のまま

洋館は下見板張り柘榴の実

棒稲架の影をこえたる山の影

どぶろくを二合宮沢賢治の忌

這ふやうに伸びくる波や秋の蔦

めなもみをしばらく漕いで川原まで

にはとりの昼は長鳴く韮の花
いつたんは中州にもどる稲雀

新藁の鼎立てして干されゐる

ぬくもりの残る案山子を横たへる

ぱんと張りたる新米の紙袋

落鮎や山にかぶさる山の影

対岸は河岸段丘いわし雲

舵に手をかけて舟くる茨の実

踵より踏み出し歩く草の花

解体の家の断面石榴の実

杉の木に山藤の実のさがりけり
ざりがにの釣れて八月十五日

石膏のトルソと烏瓜ひとつ
ともづなのとんぼうときに浮き上がり

ひいふうと数へてをればばつたんこ

千振の干されながらに売られゐる

冬瓜を好きかと問はれゐたりけり

コスモスの畑の中を通りけり

白粉花や路地に干されしままの傘

栗を剝く刃の切れ味をいひながら

バリカンの刈上げ頭松手入れ
新蕎麦に胡桃のたれとくればもう

相撲部の足洗ひ場や藪枯らし

底紅や散水栓が校庭に

ねこじゃらしばかり中央分離帯

菊芋や水道管が川跨ぎ

おのづから帰燕の空となりにけり

石垣の隙に屑石初もみぢ

鎧戸を塗り替へてゐる秋の昼
ここよりは砂地にかはる赤とんぼ

初鴨のはなばなしかる水しぶき

散骨の話をすこしする夜長

秋の燈にかざして泡のハイボール

もう一歩秋明菊に歩み寄る

冬

〔九〇句〕

その一

綿虫のふえくる通り雨のあと

茶の花にあるとしもなき日のさして

朴落葉もて顔かくし来る子かな

保線夫の笛に退きゆく雪催

とたん板被る藁屋根山眠る

つくばひに雨のにぎやか花八ツ手

顎引いて撮らるる写真七五三

飛び石の間合不揃ひ藪柑子

洗はれてゐる大根に日の斑かな

雲の無くいよいよ裸木となれり

油揚《あげ》の油のひと玉浮かぶ根深汁

高窓の日が手にとどく寒造

天窓に木の葉のうごく紙漉場

冬晴れの沖に船ゐる滑走路

谷のぼり来し風花の漂へる

石臼の放られてゐる柿落葉

代々の鍼灸院や青木の実

数へ日のすこし羽ばたく鳥かな
きんとんにちよろぎの紅のうつりゐる

所作台をとんと踏みたる初稽古

悪太郎なれども町の初烏

初髪の揚げまんぢゆうに並びゐる
なまはげや礁の上に鳥居立ち

左義長のけむりは杉の木をのぼり

石段に粗き鑿跡どんど焼

四温かな畝も畝間もなくたひら

旧正や老酒の甕立ちならび

注ぎ足されまた鰭酒となりにけり

また注ぎたして名ばかりの鰭酒に

風花や大漁旗に千鳥の絵

ぶつ切りの葱に映りてゐる炎

俎板の押せばちぢまる海鼠かな

釦押し降りる電車や山眠る

銅《あかがね》の触れ合ふ音を冬柏

朝市の海鼠重なる洗面器

浮玉の辺りに浮いてかいつぶり

寒卵叩く一枚板の卓

新海苔や杭立ちならぶ舟溜まり

蠟梅や轍の縁の土乾き

雪吊や餌に寄る鯉の混み合へる

寒の水差してうどんを茹で上ぐる

雪降りだして朝市のはなやげる

画展守る人膝掛をして隅に

塗り白き垂木の端《はな》や鬼やらひ

探梅や畑の四隅に紙垂のこり

その二

帰り花ひとつふたつにとどまらず

山茶花や石碑のうらに石工の名

波止めのいつか暮れたる鮟鱇鍋

店裏の方が明るしきりたんぽ

石段に土の踊場七五三

山椒の擂粉木にほふ年の市

煮凝りの鍋の丸味をくづしけり

バスケットボード空地に雪もよひ
頬かむりして南部弁津軽弁

綿虫やボウルに買つてくる豆腐

瀬頭に日の当りゐる冬至かな

湯豆腐のしまひとなれるかけらかな

踏み込んで鳴らす床板初稽古

御手洗に朝の日ゆるる猿回し

左義長を火の粉かからぬところより

手をついてすなはち終ふる寒稽古

田作を丈夫な方の歯にまはす

切山椒水脈消えぬ間に次の船

硝子戸のよく磨かれて初雀

煙出しのあたり明るむ淑気かな

ちらついてきて御降りとなりにけり

初声は鳥のものと聞きながす

海鼠腸やテトラポッドの暮れかかり

初雪のふりこむ笹のにほひかな

きんきんと氷柱弾いて来る子かな

大声をあぐる役目や兎狩

ここにきて兎の跡の途絶えけり

肉厚のコーヒー茶碗花八ツ手

菰巻をもらひし松の鱗かな

湖のなかほどひかる凍豆腐

雪掻いて元祖味噌貝焼の店

影としもならぬ日差しに冬牡丹

風花や藤沢周平文庫本

山眠る尻にポケット壜の酒

対岸をわが影歩く冬菫

襟巻を肩へ撥ね上げコップ酒

中州よりひとかたまりの寒雀

冬の雨茶漉しにのこる紅茶の葉

豆腐屋の槽《ふね》に灯のある初氷

融けかかりゐたりしがまた氷りゐる

シースルーエレベーターを枯木越し

猫のゐてにはとりのゐて枇杷の花

湯豆腐の煮えくり返りゐるかけら

神主の霜踏んでくる地鎮祭

葱焼けてきてふくらんでいるしづく

あとがき

句集『一寸』は『見沼抄』につづくわたくしの第二句集である。平成十九年から平成二十六年までの、大崎紀夫主宰の選を経て結社誌「やぶれ傘」に掲載された句を中心に三六〇句を収めた。

句集名の『一寸』は集中の句〈襟先に一寸鶯餅の粉〉によっている。

掲句では一寸は「ちょっと」と読むが、集名は「いっすん」とした。意味は全く同じである。日頃、大景ではなく身の回りのちょっとしたものの働きに、作句のてがかりを見出していることにも因っている。

今回の出版も大崎主宰のはげましとウエップ編集室の皆様のお力添えをいただいた。また日ごろ俳句作りに切磋琢磨している句友のみなさまにあわせて心より感謝申しあげる。

平成二十七年三月

根橋宏次

著者略歴

根橋宏次（ねばし・こうじ）

昭和14年（1939）　８月22日中国撫順市生まれ
平成13年（2001）　「やぶれ傘」創刊会員　大崎紀夫に師事

日本俳人クラブ会員　俳人協会会員

句集に『見沼抄』

現住所　〒330-0071　さいたま市浦和区上木崎８-７-11

句集　一　寸

2015年3月31日　第1刷発行
著　者　根 橋 宏 次
発行者　池 田 友 之
発行所　株式会社ウエップ
〒160-0022　東京都新宿区新宿1-24-1-909
電話　03-5368-1870　郵便振替　00140-7-544128
印　刷　モリモト印刷株式会社

※定価はカバーに表示してあります　ISBN978-4-904800-24-9